김장

# 김장

송지현 소설

교유서가

# 차례

김장

0

시골집 옆엔 얕은 시내가 있다.

　엄마가 어릴 때 그곳은 시내가 아니라 얕은 강이었
다고 했다. 다리에서 다이빙도 하고 그랬다고. 나는 방
학을 시골에서 보냈는데, 낮 동안 내에서 다슬기를 잡
았다. 저녁엔 그걸 삶아 먹었다. 할머니는 저녁마다 이
런저런 이야기를 해주었는데, 그중 나를 잠 못 들게 한
이야기는 이랬다. 때는 전쟁이 한창이던 시절이다. 할
머니는 캔 뚜껑에 달린 고리가 반지처럼 예뻐서 그것
을 곧잘 주우러 다닌다. 그러다 캔이 산더미처럼 쌓여

있는 곳을 발견하곤 친구들에게 말하지 않는다. 할머니는 한밤중에 혼자만 알고 있는 그 장소로 간다. 정신 없이 캔을 줍다가 그 안에 사람이 죽어 있는 것을 발견한다.

지금은 시내라고 하기에도 민망하게 물줄기 몇 개가 갈라져 흐르고 있다.


# 1


종일을 침대에서 보내다 문득 배가 고프다는 걸 깨달았다. 동생에게 저녁은 먹었냐는 메시지를 보냈더니 만둣국을 먹었다는 답이 왔다.

'할머니 오셨어?'라고 묻자 동생은 한참 뒤에야 다시 답을 보내왔다.

'아니. 엄마가 오늘 옆 가게랑 화해했는데 거기서 만두를 줬대.'

엄마는 10년째 등산로 초입에서 방이 다섯 개 있는

스크린 골프장을 운영하고 있다. 그 옆 가게로 말할 것 같으면 1층엔 레고 전시장이 있고, 2층엔 통 큰 테라스가 있는, 말하자면 인테리어가 꽤 세련된 2층짜리 카페로, 주인과 엄마는 10년 전 머리채를 잡고 싸운 적이 있다. 주차난 때문이었다.

엄마가 운영하는 스크린 골프장은 주차장이 없는 3층짜리 건물이다. 뒤편에 작게나마 주차를 할 만한 공간이 있긴 한데 건물 기둥 사이를 끼고 겨우 두 대 정도가 들어간다. 그러나 골프를 치러 오는 사람들은 웬만해선 차에 골프채를 싣고 오기 때문에 주차난은 피할 수 없는 문제였다. 심지어 가게를 연 지 얼마 안 되었을 땐 오픈빨인지 만석이 되는 일이 잦았고, 한 방에 네 명이 들어간다 치면 주차할 차만 스무 대였다. 그러다보니 손님들은 주차장을 찾아 무한 유턴을 해야 했다.

옆 카페의 경우 건물 옆에 널따란 주차 공간이 딸려 있었다. 엄마는 그 얘기를 하면서 그 땅이 다 그 여편네 거라고 했다. 그 넓은 땅을 쓰는데 월세 낼 일도 없다고. 엄마는 백오십만 원 넘는 월세를 내고 있다. 건물주가 월세를 올려달라고 했을 때, 까지 듣고 우리 자매는 엄마가 또 건물주의 머리채를 잡은 건 아닐까 걱정

했다. 하지만 엄마는 이렇게 말했다.

"왜 최근에 코로나 때문에 월세 깎아달라고 했더니 못 깎아준다고 하고선 월세 받고 나니 현금으로 되돌려주었다는 얘기 들었니?"

인터넷을 돌아다니다 본 적이 있는 얘기였다. 엄마는 건물주에게 그 글의 링크를 복사해서 보냈다고 했다.

"한마디 더 적으려다 말았지. 이런 건물주도 있습니다!"

월세가 오르지 않았는지 모르겠다.


옆 카페와의 이야기로 돌아가자면 이랬다.

주차할 공간이 없자 손님들은 주차 공간이 넓은 옆 카페로 갔다. 그곳에서 몇천 원도 안 되는 커피 한 잔을 사고는 하루종일 차를 대놓았다. 몇 번이나 그런 일이 반복되자 옆 카페에서 엄마를 찾아왔다. 그쪽 때문에 피해를 보고 있다고.

"머리채를 잡은 건 아니지?"

"아니지. 내가 잘못한 거잖아."

엄마가 자신의 잘못을 인정할 줄도 알다니 우리 자매는 조금 놀랐다. 엄마는 죄송하다면서 이참에 자신이 월마다 주차비를 내고 손님들이 주차를 할 수 있게 만들면 어떻겠느냐고 제안했다. 카페 주인은 그러겠다고 했다.

"좋은 결말 아닌가?"

"근데 그 여자가 몇 달도 안 돼서 주차비 필요 없으니까 주차하지 말라잖아!"

그뒤로 우리 자매는 커피가 마시고 싶어도 근처 유일한 카페인 그곳에 갈 수가 없는 탓에 엄마 가게에서 믹스커피나 타 먹어야 했다.

그렇게 10년. 예고 없던 극적인 화해가 이루어졌고 덕분에 동생은 만둣국을 먹게 된 것이다. 동생의 만둣국 식사와 10년 만의 평화를 응원하며, 나도 앞으로 믹스커피가 아닌 아메리카노를 마실 수 있게 되었음을 기뻐했다.

## 2

동생과 만둣국과 커피 이야기를 한참 하다보니 문득

따뜻한 게 먹고 싶어졌다. P에게 저녁으론 만둣국이 어떻겠느냐고 물었더니, 만두가 어디서 났냐고, 만둣국 좋지, 라고 답이 왔는데, 어디서 만두를 얻어온 게 아니라 배달을 시킬 거라고 했더니 태도가 변했다. 만둣국을 돈 내고 사 먹는다는 생각은 해본 적도 없다고 했다. 할 수 없이 그럼 보쌈을 시켜 먹는 건 괜찮냐고 물었더니 그건 괜찮다고 했다. 솔직히 나는 만두가 보쌈보다 더 해 먹기 어려운 음식이라는 생각을 늘 하고 있다.

할머니가 우리집에 있을 적엔 집에서 늘 김장을 했다. 김장을 마치면 이모와 삼촌네 집까지 나눠줘야 했기 때문에 배추를 정말 많이 샀다. 배추는 늘 욕조에서 절였다. 김장하는 주간엔 비눗물이 튀지 않도록 욕조 옆에 쪼그려 앉아 샤워를 해야 했다. 배추가 다 절여지면 그걸 옮기는 것도 일이었다. 할머니는 우리집에선 한 번도 보지 못했던 다라이들을 어디선가 가져왔다. 그것들은 이제 아무도 쓰지 않지만, 할머니가 자신의 집으로 돌아간 지금도 베란다에 남아 있다.

할머니는 계량 없이 김칫소를 만들었다. 중간중간

검지로 양념을 찍어가며 맛을 확인했다.

"맛 좀 봐라. 너무 싱겁지 않나."

그렇게 물으며 자신의 검지를 내 입으로 쑥 넣곤 했다. 하지만 도통 어느 정도가 적당한 맛인지 알 수 없었다. 할머니는 설탕을 봉지째로 들어 다라이 안에 쏟고, 젓갈을 국자로 넣고, 그러면서 간을 맞췄다. 그래도 김치의 맛은 매년 비슷비슷했다. 김칫소가 어느 정도 됐다 싶으면 배추 사이사이에 속을 넣었다. 그 작업을 할 때가 되어서야 나도 도울 수 있었다. 할머니는 속을 넣는 일을 시작하기 직전에 돼지를 삶았다. 된장을 풀고 파와 마늘을 넣는 게 다였지만 잡내가 없고 부드러웠다. 나는 그 고기를 꺼내어 잠시 식혀두는 순간을 좋아했다. 가스불을 몇 시간 켜놓은 탓에 집은 습하고 따뜻했다. 이모들과 삼촌에게 줄 김치를 김치통에 나눠 담고 나면 다 같이 모여 앉아 겉절이와 수육을 먹었다. 소주 뚜껑을 여는 내게 할머니는 항상 한소리를 했다.

"저게 저래서야 누가 데려가겠나."

김장은 그걸로 끝이 아니었다. 할머니는 꼭 자기 전에 밀가루 반죽을 해 냉장고에 숙성해두었다. 그리고 다음날이 되면 전해에 담갔던, 이제는 묵은지가 된 김치를 모조리 꺼내 썰었다. 그걸 물기를 짠 두부와 간 고기, 갖은 양념을 넣고 치대어 만두소를 만들었다. 그러고 나면 하루종일 만두를 빚었다. 할머니가 빚은 만두는 어디서도 본 적 없는 세모꼴 모양이었는데, 할머니는 그게 함경도식이라고 했다.

"네가 하는 게 서울식인 거다."

그냥 어디서 본 대로 한 건데 나도 모르게 서울식 만두를 빚고 있었다. 몇백 개의 서울식과 함경도식 만두는 냉동실로 직행했다. 그러면 한동안은 만둣국에 겉절이가 매일의 메뉴였다.

김장은 할머니가 항암치료를 하며 우리집에 머무는 동안 우리 자매도 함께하는 계절맞이 이벤트였다. 할머니는 우리집에서 5년을 머물다 완치 판정을 받자마자 아직도 축사 옆에 화장실이 있는 시골집으로 돌아갔다. 이유는 단순했다.

"이 동네 노인정에선 아무도 화투를 안 친다."

점십짜리 화투를 치기 위해 귀향하는 할머니를 위해 나는 은행에 가서 오만 원을 십 원짜리로 바꾸어드렸다. 할머니는 극구 사양했다.

"돈 없이 시작해도 내가 다 딴다."

십 원짜리가 된 오만 원은 아직도 비닐봉지에 담겨 내 책상 밑에 놓여 있다.

보쌈보다 P가 먼저 도착했다. 그는 익숙하게 백팩에서 소주 두 병을 꺼내어 냉장고에 넣었다. 만둣국 생각이 떠나지 않은 채로 보쌈과 소주를 먹었다. 날이 쌀쌀해지는 걸 보니 곧 김장철이었다.

*

할머니가 올해는 팔이며 허리가 아파 혼자 김장을 할 수 없다고 했다며 엄마가 덧붙였다.
"외가를 통틀어 회사고 가게고 아무데도 안 가는 사람은 너네뿐이다."
별수 없이 동생과 내가 가겠다고 했다.
P에게 며칠 집을 비운다고 전하며 김치를 한 통 챙겨줄까 했더니, 목포에 사는 고모네 쪽에서 항상 김치와 게장을 보내오기에 괜찮다고 했다. 나는 그럼 다음에 게장을 좀 얻어와달라고 했다.

# 3

    본가 주차장은 널널했다. 칸을 두 개씩이나 차지하며 주차를 했다. 동생은 빈 김치통을 옆에 두고 내려와 있었다. 뒷좌석에 그것들을 실었다가 은은한 김치 냄새 때문에 트렁크로 옮겼다. 동생이 조수석에 타면서 오늘은 자신이 듣고 싶은 음악을 틀겠다고 했다. 내비게이션을 찍어보니 시골집까지 생각보다 오래 걸리지는 않았다. 두 시간이 조금 안 되는 시간으로, 휴게소에 들르거나 한다면 딱 두 시간 뒤에 도착할 것 같았다. 나는 동생에게 세번째로 나오는 휴게소에서 간단하게 요기를 하자고 했다.

    "왜 세번째야?"

    "첫번째는 너무 빠르고, 두번째는 애매하고, 세번째쯤 되면 배도 고프고 화장실도 가고 싶어질 것 같아서."

    동생이 틀어놓은 음악은 길거리에서 많이 들어본 종류의 것이었다. 그걸 흥얼거리며 도로를 달리기 시작했다. 동생에게 조금 마른 것 같다고 하니 동생이 친구

문제로 골머리를 썩고 있다고 말했다. 친구 하나가 비공개 계정인 트위터에 글을 올렸는데 거기에 자신의 이야기가 확실한 욕을 썼다는 것이다.

"그래서 어떻게 했어?"

"어떻게 할지 아직 고민이야. 알은척을 해야 할까?"

나라도 어떻게 해야 할지 모를 것 같다고 말해주었다. 알은척을 하는 순간 그 친구와는 잘 지낼 수 없을 것 같았다. 그렇다고 나를 욕한 친구와 잘 지내야 하는가. 딜레마였다.

여러 방법을 논의하는 사이 두 번의 휴게소를 지나쳤다. 동생이

"이제 다음이다."

했고 우리는 서로 배가 고픈지 확인했다. 약간 출출하다는 말에 결국 세번째 휴게소에는 들르게 됐다. 휴게소에 들어서며 동생은 정말 오랜만에 휴게소에 와본다고, 메뉴가 많아서 놀랍다고 했다.

"언니, 프랜차이즈도 입점해 있어."

그러나 결국 우리가 시킨 것은 우동과 주먹밥이었다. 다 먹고 나서 동생이 말했다.

"프랜차이즈 시킬걸."

밥을 먹고 우리는 흡연구역에서 담배를 피웠다. 고양이 한 마리가 우리 다리 사이를 비집고 들어왔다.

"너무 예쁘다. 데려가고 싶다."

"하지만 안 돼."

"나도 알아. 예쁘다고 다 데려갈 순 없지."

"호더라는 말 알아?"

"응."

나는 엄마의 지인이 호더 같다는 이야기를 했다.

"그 동네에 고양이랑 개는 다 데려간대. 심지어 주인이 있어도 말이야."

"심각하네."

"심각하지."

우리는 다시 차에 올라탔다. 올라타자마자 음악이 큰 소리로 재생되어 우리는 흠칫 놀랐고 이내 깔깔거리며 시동을 걸었다.

\*

할머니는 늘 입는 진분홍 누빔 조끼와 화려한 패턴의 바지를 입은 채로 우리를 맞이했다. 시골집 마당엔 배추가 여러 바구니에 나뉘어 절여져 있었다.

"언제 안에 다 들여놔?"

"내일 다 같이 하면 된다. 오늘은 쉬라."

우리는 가져온 옷으로 갈아입고 사랑방에 누웠다. 사랑방은 원래 외삼촌이 쓰던 방이었다. 나는 어린 시절 이곳에서 삼촌의 만화책을 몰래 읽었다.

"아직도 있나."

내가 장롱을 뒤지자 동생이 뭘 찾느냐고 물었다. 장롱엔 잡다한 물건들이 많았다. 사진 앨범과 편지 같은 것들. 야한 잡지가 꽤 있기에 동생에게 건네자 동생이 진저리를 치며 내동댕이쳤다. 만화 잡지는 몇 개 남아 있지 않았다. 나는 김전일 시리즈가 연재되던 잡지를 발견했다. 동생에게 보여주니 동생은 김전일을 모른다고 했다.

"코난은 알아?"

"코난은 알지."

"그런데 왜 김전일을 모르지?"

"김전일은 몰라."

우리는 베개를 겨드랑이에 끼고 엎드려 잡지를 보았다. 내용이 다 짧아서 아쉬웠다. 할머니가 아궁이에 불을 때는지 바닥이 절절 끓었다. 두꺼운 이불을 꺼내 바닥에 깔고 나니 좀 나았다. 그러다 어느새 잠이 들었다.


4


할머니가 아침부터 밥 먹으라며 사랑방 문을 열었다. 밤새 장작이 다 꺼졌는지 방바닥이 찼다. 한기를 느끼며 옆방으로 건너가기 위해 밖을 나섰다. 동생은 벌써 일어나 할머니를 도와 상을 차리고 있었다. 어디서 났는지 할머니가 스팸을 구워놔서 그게 좀 웃겼다.

"할머니, 스팸도 먹어?"

"그게 뭐냐."

"이 햄."

"옆집 진수네가 명절 선물이라고 줬는데 내 입맛엔 하나도 안 맞더라. 너네 가져가라."

우리는 식사를 한 뒤 본격적으로 배추를 옮기기 시작했다. 조금 기울어져 있는 부엌으로 배추를 옮기는 일은 꽤 힘들었다. 잠깐 배추를 놓아두려 하면 싱크대 쪽으로 굴러갔다. 할머니는 우리가 배추를 옮기는 동안 김칫소를 만들었다.

"올해는 배추에 바람이 많이 들었다."

내가 보기엔 똑같은 배추였다. 할머니는 배추에 소를 넣으며 말했다.

"오늘 아침에 산보를 갔는데 말이다."

"응."

"다리 밑에 있었어."

"뭐가?"

"성철이가."

"그게 누군데?"

"니들은 모르나. 옆옆집 손자. 어릴 때 너네랑도 같이 놀고 그랬다."

도무지 기억이 나지 않았다.

"근데 성철이가 다리 밑에 뭐하고 있었는데?"

"목매고 죽어 있더라."

동생과 나는 김칫소를 내팽개쳤다.

"그게 오늘 일이라고?"

"그럼 내일 일이냐."

할머니가 태연하게 말해서 동생과 나는 서로를 바라보았다. 할머니는 쉬지 않고 김치에 소를 넣을 뿐이었다.

"다 하고 나면 만두 빚어야 한다."

*

동생과 허리도 펼 겸 잠시 산책을 나갔다. 엄마가 어릴 때 뱀을 봤다는 곳이었다. 엄마는 이곳에서 우리와 산딸기를 따다가 혼자 소스라친 적이 있었다.

"저쪽 줄기가 뱀인 줄 알았어."

엄마가 그렇게 놀라는 모습을 처음 봤다. 그때의 얘기를 하며 걷는데 동생이 말했다.

"엄마랑 옆 카페 주인이랑 어떻게 화해했는지 알아?"

"어떻게 화해했는데?"

"엄마가 그 집이랑 싸웠잖아. 근데 그 집 손주들이 너무 예쁘더래. 싸워서 예쁜 거 표현도 못 하고 있다가⋯⋯"

"응."

"어느 날 손주 하나가 혼자 있는 걸 보고 몰래 구석에 데려가서 '너 정말 예쁘다. 아줌마는 저 옆집에 있어' 하면서 과자며 사탕을 줬대."

"그래서?"

"그걸 들켰대. 자기 손주 예뻐해줘서 고맙다고 갑자기 만두를 주더래."

우리는 산딸기가 더 없나 찾아보았다. 하지만 사실 우리는 산딸기나무가 어떻게 생겼는지 알지 못했다.

*

저녁으론 만둣국을 먹었다. 드디어 만둣국을 먹네. 나는 P에게 메시지를 보냈다. P는 사 먹은 거냐고 물었고 할머니와 함께 빚었다고 대답했더니 역시 만둣국을 사 먹는 건 아까운 것 같다는 답이 돌아왔다. 한참 휴대폰을 만지작거리는데 동생이 옆에 와서 섰다. 어디선가 작게 물 흐르는 소리가 들렸다. 그게 개울 소리인지 하수구 소리인지 알 수 없어서 나는 잠시간 가만히 귀 기울여야 했다.

다음날 마음이 변했다. 동생만 올라가고 나는 며칠 더 남기로 했다. 딱히 이유가 있는 건 아니었고, 산딸기 열매가 언제쯤 맺히는지 궁금했기 때문이었다.

"그게 며칠 사이에 열릴까?"

동생은 그 말을 남기고는 시외버스를 타고 가버렸다. 할머니는 내가 남는다고 하자 내심 귀찮아하는 모습이었다.

"나는 경로당에서 아침 점심을 다 먹는다."

"나 어차피 아침 안 먹어. 안 차려줘도 돼."

"아침을 안 먹으면 쓰나. 그럼 같이 경로당에 가자."

"됐다니까."

"여섯시에 깨운다."

낮 동안 고스톱을 쳐야 하는 할머니 대신 동네에 김치를 배달하기로 했다. 옆집 진수네 집에 배달을 갔는데 웬 할머니가 나와서 김치를 받았다. 나를 뭐라고 소개해야 하나 싶어서 할아버지, 할머니 그리고 엄마의 이름을 대며 그 집 자식이라고 했더니 갑자기 내 손을 덥석 잡았다.

"벌써 이렇게 컸나."

기억 속 진수네 아줌마는, 그러니까 그때까지만 해도 아줌마였는데, 할머니가 되어버렸다. 그녀는 내게 스팸 몇 개와 약과를 챙겨주었다.

"안 주셔도 돼요. 할머니 집에 햄 많아요."

"그럼 서울 갈 때 가져가."

더 거절하는 것도 예의가 아닌 것 같아 꾸벅 인사를 하고 건네받았다. 뒤돌아 나오려는데 빈 축사가 보였다. 문득 진수네 집에 소가 있던 게 기억나 아줌마에게 물었더니,

"에이, 애 아빠 죽은 지가 언젠데. 혼자선 못 키우지."

했다.

몇 군데 더 돌다 마지막 집에 도착하니 대문에 상중(喪中)이라고 붙어 있었다. 사실 한자를 한 번에 못 알아봐서 한자 그리기 기능을 이용해 검색해봤다. 담 너머를 슬쩍 보니 아무도 없는 것 같았다. 김치통을 툇마루에 올려두고 냇가로 걸음을 옮겼다. 다리 쪽으로 걷다가 왠지 으스스한 기운에 사로잡혔다.

지금도 있는지 모르겠지만 냇가 뒤쪽 언덕 위에 폐

가가 하나 있었다. 어릴 적 거기서 동네 언니 오빠 들과 자주 놀았는데, 주로 아이 엠 그라운드를 했다. 용케 아직 떨어지지 않은 탱화가 하나 걸려 있고 바닥에 나무 자재가 널브러져 있던 집이었다. 나는 자꾸만 내 이름을 기억하지 못해서 연속으로 벌칙을 받았다. 마지막 벌칙은 폐가 뒤쪽에 있던 창고에 다녀오는 거였다. 가기 싫어서 울었는데도 언니들과 오빠들은 내 등을 떠밀었다. 결국 내가 창고 문을 열었고, 다들 소리를 지르며 도망쳐나왔다. 무엇을 보았는지는 기억나지 않는다. 그러나 정신없이 뛰다가 누군가 언덕에서 굴렀고 그걸 보며 깔깔 웃은 것은 기억난다.

〈생생정보〉를 보고 있는데 할머니가 빈손으로 돌아왔다.

"오늘은 못 땄나보네."

"딴 건 다 놓고 온다. 내일 또 놀아야 하니까."

할머니는 씻지도 않고 이불을 펴고 눕더니 리모컨을 뺏어갔다. 그러곤 익숙한 듯 채널을 돌렸다. 곧 시작하는 드라마를 보려는 것 같았다. 같이 드라마나 볼까 해서 앉아 있는데,

"안 자냐?"

해서

"간다, 가."

하고 사랑방으로 넘어왔다.

어제 본 김전일을 또 보면서 이 사건의 범인이 누구였는지 떠올려보았다. 여자의 시체가 여러 구로 토막난 이 사건은 어렸을 때도 몇 번이나 다시 본 화였다. 그런데도 범인이 생각나지 않아 불법 사이트에서 결말 부분만 몰래 다운받아 볼까 하다가 괜히 죄책감이 들어 그만두었다.

나는 삼촌의 장롱에서 앨범을 꺼냈다. 거기엔 삼촌의 고등학교 시절 사진들이 있었다. 삼촌도 이렇게 어릴 때가 있었다. 삼촌은 우리집에 살면서 공부를 해 기관사가 되었다. 그러나 하루 동안 사람을, 자살하려는 사람을 세 명이나 쳐버렸다. 그전엔 꽤 웃기는 사람이 있었는데 그날 이후로 말이 없어졌다. 지금은 이혼하고 읍내 근처에 오피스텔을 얻어 혼자 살고 있다고 들었다. 명절 때조차 전혀 얼굴을 비치지 않아서, 그거 하나 전해들은 것이 다였다.

적적해져서 동생에게 '폐가 사진 찍고 싶지 않아?'

라고 메시지를 보냈더니 '전혀'라는 답장이 왔다. 어제와는 달리 방이 추웠다. 할머니 방에 건너가서 불 좀 때 달라고 할까 고민하다가, 어제처럼 절절 끓게 만들까 봐 역시 그만두었다.

초등학교 땐 방학마다 늘 시골에서 지냈다.

할머니는 낮 동안 옥수수를 땄고 밤사이에 그걸 쪘다. 그러고 나서는 시장에 나가 찐 옥수수를 팔았다. 할아버지는…… 잘 기억나지 않는다. 소를 키웠던 것도 같고 산에 가서 나무도 했던 것 같다. 산에서 내려온 할아버지에겐 희미하게 막걸리 냄새가 났다. 나는 다른 집 아이들이 명절을 맞이해 시골에 올 때까지, 여름엔 다슬기를 잡고 겨울엔 귤을 까먹으며 삼촌의 만화책을 훔쳐봤다. 아이들이 오면 걔네들이 가져온 게임기를 같이 하거나 서울에서 사왔다는 공책들과 엽서들을 구경했다. 인원이 많아지면 자전거를 타고 논밭을 달리기도 했다. 그러나 함께 놀았던 애들이 기억나는 것은 아니다. 기억은 항상 선택된 것만 남는다.

# 6

　할머니를 따라 경로당에 가서 아침을 먹었다. 각자 집에서 반찬을 싸오거나 끓여온 국을 나눠 먹는 듯했다. 반찬과 국은 다 짰지만 너무 적게 먹는 것 아니냐는 타박을 듣고는 싹싹 비웠다. 설거지는 내가 한다고 하자 할머니들은 바로 판을 깔았다. 식사를 할 때만 해도 다들 나른해 보였는데 패를 돌리니 수다스러워졌다.

　"동도 트기 전에 내가 성철이 엄마 봤잖아. 다리 앞에 쪼그리고 앉아 있더라고. 이렇게 어두운데 뭘 보느냐고 물어봤더니 아들 찾는대. 근데 왜 거기서 가만히 앉아 있냐니까 저기 있어, 하는 거야."

　할머니는 예의 심상한 말투로 그 얘길 전했다. 덩달아 나도 대수롭지 않게 설거지를 마치고 밖에 나왔다. 산딸기는 아직도 열리지 않았다. 동생과 P, 누구에게 메시지를 보낼까 고민하다가 P를 선택했다.

　'산딸기가 안 열린다.'

　그렇게 보내자 P에게서 전화가 왔다.

　"바보냐. 산딸기는 여름에 열려."

　"뭐라고? 눈 덮인 곳에서 산딸기 따는 이미지 왠지

선명하지 않아?"

"구하기 힘드니까 그런 이미지를 썼겠지."

"그럼 아예 없는 거 아냐."

"구전설화 같은 데에 많이 나오는 이야기지. 한겨울
에 산딸기가 먹고 싶다고 하는, 병상에 누운 아버지."

"얘야, 산딸기를 먹으면 병이 나을 것 같구나, 뭐 그
런 거?"

"그런 거지."

P는 다시 한번 바보라고 하더니 들어가봐야 한다며
전화를 끊었다. 나는 바로 동생에게도 메시지를 보냈
다. 동생에게도 바보라는 답이 왔다.


7


산딸기가 여름에 열린다는 사실을 알고 나자 왜 이
곳에 남게 되었는지 도무지 알 수 없는 상태가 되었다.
그러나 자신이 어딘가에 존재하는 것의 의미를 아는
사람이 있나?

# 8

엄마는 옆 가게의 사장과 극적 화해를 한 뒤로 카페 사장의 손주들을 옆에 앉혀놓고 자꾸 영상통화를 걸었다. 그애들은 엄마에게 받은 과자들을 카메라 앞에 내밀어 보여주었다. 엄마는 애들이 너무 예쁘고 착하다며 덧붙였다.

"있지. 가끔은 너네가 너무 보고 싶어."

"지금보다 더 자주?"

"아니. 요만했을 때의 너희들. 꿈도 꿔. 꿈에서 너희들은 아직 아기일 때 그대로인데 깨보면 그 아기들이 없어."

그런 말을 남겨두고 엄마는 손님이 왔다며 전화를 끊었다. 나 자신이 과거와는 완전히 다른 사람이라는 걸 한참 생각했다. 매 순간 사라지는 존재라니. 적적해져 할머니가 있는 방으로 넘어갔다. 할머니는 곧 어제 보던 드라마의 마지막 화가 방영된다며 내게 사과를 깎아주었다.

"옛날에 광에 있던 사과 한 포대를 니가 다 깎아놨

다."

"그랬어?"

"그래서 내가 너희 엄마한테 전화했지."

"뭐라고?"

"애새끼 맡아줬더니 저지레만 한다고."

"그랬더니 엄마가 뭐래?"

"한참 말이 없더니 그냥 끊더라고. 끊고도 한참을 욕했다."

"그렇게 미웠어?"

"그땐 내가 힘들어서. 내 딸이 우는 줄도 모르고."

할머니가 보던 드라마는 나도 몇 번 스치듯 본 적이 있었다. 마지막 화에서 드라마 속 가족들은 무사히 30년 뒤의 미래로 도달했다. 배우들은 새치 가발을 쓰거나 얼굴에 주름살을 그려 넣은 채로 늘 모이던 거실에 앉아 있었다. 그 거실에선 한 부부가 이혼을 했다가 재결합했고, 한 부부가 오랜 난임 끝에 임신에 성공했다는 소식을 가족에게 공표했으며, 한 커플이 결혼을 선언한 적이 있다. 카메라를 등지지 않도록 짜인 위치에 배우들이 구겨 앉아 있었다. 그들은 자신들의 가문이 건재함을 축하하며 차려진 밥을 먹었다. 밥은 누가 차렸

을까. 아마 스태프들일 것이다. 세상엔 이토록 상관없어 보이는 장면들이 실제로 연결되곤 한다. 사과를 집어 먹었다. 푸석했고, 영 맛있는 사과는 아닌 모양이었다.

할머니는 드라마의 마지막 화에 만족한 듯했다. 그러더니 오늘도 씻지 않고 이불 속으로 쏙 들어가 돌아눕더니 말했다.

"안 가냐."

"갈 거야. 근데 내일 갈 거야."

"냉동실에 만두 있다. 김치냉장고 맨 아래 칸에 너네 집 김치도 있고. 너 총각김치 좋아한대서 많이 넣었다. 까먹지 말고 가져가."

먹다 만 사과를 싱크대에 버리고 사랑방으로 넘어갔다. 오늘은 방에 불을 좀 땐 모양이었다. 뜨끈한 방에 누워 있다보니 술을 마시지 않은 지 며칠이나 지났는지 세어보게 되었다. 할머니네 집 냉장고에 맥주가 있을까, 고민하다 아직 근처에 점방이 열려 있을지도 모른다는 생각에 밖으로 나섰다.

산딸기가 열리지 않는 계절. 시골의 밤하늘이지만 별이 많진 않았다. 냇가에선 멈추지 않는 물소리가 작게 들리고 있었고, 나는 사람이, 성철이가 목을 맸던 다리를 건넜다. 다리 아래를 차마 볼 순 없었다. 하지만 나는 예전에 그 다리 밑으로 흐르던 냇가의 수위가 높았던 것을 기억해냈다. 그때의 물은 더 조용하게 흘렀을 것이다. 깊은 물일수록 흐르는 소리는 잘 들리지 않으니까.

저멀리 자그맣고 희미한 불빛이 보였다. 점방인지 아닌지, 맥주가 있을지 없을지 모를 그곳을 향해 걸었다. 멀리서 보면 나는 어둠을 향해 걸어가는 것처럼 보일지도 모르겠다.

난쟁이 그리고
에어컨 없는 여름에 관하여

1

아주 작은 슬픔들의 결정체가 인간이다.

2

그 문장에서 놓여나지 못하고 있을 즈음 제이를 만났다. 아티스트 네트워킹이라는 그럴듯한 이름의 파티에서였고, 파티의 실상은 그냥 음악을 꽝꽝 틀어놓고 술을 마시며 벽에 래커를 쏘아대는 일을 하는 것뿐이었다. 나는 파티의 주최자에게서 파티의 풍경을 사진으로 기록해달라는 부탁을 받았다. 그 파티의 주최자로 말할 것 같으면 파리에서 학사를, 교토에서 석사를 받은 뒤 이유도 없이 마드리드에 1년간 눌러살다가 최근에야 귀국한 캐나다 교포 2세였다. 그는 g가 소개시켜준 사람으로 한때 나의 불어 선생이었다.

제이는 그의 수많은 친구 중 한 명이었는데, 영어도 불어도 일어도 스페인어도 못했다. 게다가 한국어의 발음조차 어눌했다. 하지만 그 때문에 다른 언어를 잘할 것 같다는 묘한 기대감을 주는 인물이었다.

"아무것도 못하면 오히려 얻는 것이 더 많다고."

그녀는 얼굴을 찌그러트리며 말했는데, 그것이 그녀 나름의 미소라면 미소였다. 그녀는 나와 동갑이었고 보랏빛 입술을 가졌다. 그리고 머리숱이 꽤 없는 편이었다. 꽤, 라기엔 정말 듬성듬성 두피가 다 보일 지경이어서 나는 함부로 그녀의 콤플렉스에 대해 짐작해보았고 또 그런 짐작에 스스로를 한심해했다.

그녀는 자신을 소개하며 원래 이름은 제희인데, 유학 시절 모두가 제이라고 불러서 그냥 그렇게 불리고 있다고 했다.

"잠깐만. 유학을 했다고?"

내가 묻자 그녀는 예의 찌그러트린 얼굴로 말했다.

"꼭 언어를 알아야만 무언가를 학습할 수 있는 건 아니야."

그러면서 그녀는 덧붙였다.

"원래는 재희가 될 예정이었거든. 그런데 출생신고를 하러 갔던 아버지가 갑자기 마음을 바꿨대."

나는 동사무소에 서서 옥편을 뒤지고 있었을 제이의 아버지를 잠시 상상했다. 제이는 나를 똑바로 바라보며 검지를 들어 가로로 획을 그었다.

"획 하나만 달라졌을 뿐인데 사람들이 잘 못 알아들어. 언어란 그런 거지."

나는 제이에 대한 몇 가지 사실을 알게 되었다.

1. 맥주를 못 마신다. 2. 아티스트를 싫어한다. 3. 버선을 모은다.

1번(나 또한 독주를 좋아한다)과 2번(당연한 거 아닌가?)까지는 납득이 갔다. 그런데 버선은 왜? 제이는 대답했다.

"버선을 신으면 바닥에서 아주 우아하게 미끄러질

수 있거든."

그때 누군가 벽에 래커를 쏘다가 뒤로 넘어졌고, 전
(前) 불어 선생이 마이크에 대고 웃는 바람에 크게 하
울링이 일었다. 나는 그 장면을 카메라로 찍었고, 당연
히 소리는 담기지 않았다.

*

첫차가 다닐 무렵이 되자 소파와 바닥에 널브러져
자고 있는 몇몇을 제외하고는 어디론가 다 사라졌다.
재즈로 선곡을 바꾸고 밖으로 나오니 거리가 온통 파
랬다. 제이는 따뜻한 커피가 먹고 싶다고 했다. 전 불
어 선생이 근처에 24시간 운영하는 카페가 있다며, 짐
을 챙겨 나오겠다고 계단을 내려갔다. 그의 뒷모습도
누군가를 닮은 것이라고 생각하니 아득했다. 그를 기
다리는 동안 거리가 밝아졌다.

전 불어 선생은 카페에서 내게 시집을 주었다. 자신
이 번역하여 자비로 출판한 것이라고 했다.

"책이 절판되기도 했고, 번역도 마음에 안 들어서 내
가 해봤어."

나는 시집을 훑어보았다. 프랑시스 퐁주. 퐁주라는 이름이 주는 아기자기한 뉘앙스에 나는 몇 번이나 그것을 다시 발음해보았다. 하지만 제이는 그것을 거들떠보지도 않고 커피에 크림을 넣었다. 카페 마당에 나무 한 그루가 있었다. 잎이 없어서 무슨 나무인지 알 수 없었다. 사실 잎이 있어도 몰랐을 것이다. 마당에 불균질하게 깔려 있는 돌에 우리의 그림자들이 겹쳐졌다가 구름 때문에 사라지길 반복했다.

"유령 같네."

나는 중얼거렸다. 오전의 볕이 좋아서 약간 모호한 느낌에 사로잡혔다. 눈 안쪽에서 아지랑이가 피어오르는 것 같은 기분좋은 날씨였다. 우리는 전화번호도 교환하지 않은 채 헤어졌다.


3


그해 여름 나는 꾸준히 요가를 했고, 피아노를 배웠으며, 매일 조금의 독서를 하고, 산책을 즐겼다. 마음이 건강한 시절이었다는 것을, 공기에 찬바람이 섞이고, 침대에서 도저히 일어날 수가 없어져서야 알게 되었다. 왜 좋은 시절은 지나서야 알게 되는 것일까, 생각하다가…… 좋은 시절도 나쁜 시절도 때때로는 통과하고 난 뒤에야 알게 된다는 것도 알게 되었다.

그즈음, 그러니까 겨울의 초입, g가 이혼을 했다. 다섯 살짜리 아이는 자신이 키울 거라고, 아이와 함께 살 집을 알아보고 있다고. g는 확실히 나쁜 시절을 통과하고 있었다. 아이가 어린이집에 간 사이 잠시 만나줄 수 있겠느냐고 묻기에 나는 그러겠노라고 답했다.

*

우리는 g가 어린 시절부터 가족들끼리 자주 외식을 했다는 냉면집에 가기로 했다. 냉면보다 불고기가 더 유명한 집이었다. g의 집 앞에 내가 주차를 한 뒤 택시로 이동하는 것이 우리의 계획이었다. 집 앞에 도착하자 g가 굳이 집에 올라오라고 해서 잠시 들렀다. g의 집은 필로티 구조의 빌라로, 3층이었다. 집안에 들어서자 장난감들과 벽에 덕지덕지 붙은 낙서들로 정신없는 풍경이 펼쳐졌다. 통유리창이 있었지만 앞 건물에 가려진 탓에 전체적으로 어둑했다. 나는 g가 결혼 전에 고양이를 키우던 것을 기억해냈다.

"아. 고양이. 할머니네 보냈어."

"할머니 살아계셔?"

"응."

고양이는 g가 산후조리원에 있는 동안 남편이 고양이 화장실 모래를 갈아주지 않아서 심한 방광염을 앓았다고 했다. 아이를 안고 집에 돌아왔을 때 온 집안이 핏자국투성이였다고. 우는 아이를 잠시 내려두고 바닥을 기어다니며 그걸 다 닦았다며 태연히 말한 g는 아무렇지도 않게 외투를 챙겨 입었다. 우리는 택시를 불렀고, 곽민학이라는 택시기사의 차가 배차되었다. 그는 진달래꽃을 배경으로 두고 찍은 셀카를 올려두었다. 그의 택시가 지도상 가까운 곳에 있는 것을 보고 우리는 서둘러 1층으로 내려갔다. 그러나 1분 거리에 있던 그의 차는 자꾸만 멀어졌고, 때문에 우리는 한참이나 추위에 떨어야 했다. 드디어 택시가 도착했을 때는 택시를 부른 지 15분이 훌쩍 지나 있을 때였다. 우리가 타자마자 곽민학은 말했다.

"이 동네는 길이 아주 이상해."

반말이었다. 우리는 대꾸를 하지 않았고 그는 혼자서 계속 떠들었다.

"길이 있는 것 같아서 가보면 막다른 길이고 내비게이션은 잡히지도 않고."

그러더니 잠시 정차한 틈에 그가 뒷좌석 사이로 얼굴을 쑥 들이밀었다. 얼굴이 다가왔다기보단 늘어진 모공과 짙게 팬 주름이 다가온 느낌이었다.

"근데 아가씨들 어디 가? 그쪽엔 아무것도 없어."

"냉면집이 있어요."

"내가 이 동네에서 몇 년을 살았는데. 거기 아무것도 없다니까."

"일단 주소대로 가주세요."

"아무것도 없는 데를 뭐하러 간대."

g와 나는 둘 다 입을 다물었다. 그의 말대로 낮은 건물 하나 없는 도로가 이어졌다.

"거봐. 내가 말했지."

그가 말하자마자 냉면집 간판이 걸린 단층 건물이 나타났다.

"여기서 내릴게요."

기사는 우리를 내려주며 계속 혼잣말을 했다. 이상

한데. 여긴 원래 아무것도 없었는데.

택시 문을 닫고 g가 말했다.

"어릴 때부터 가족끼리 여기서 늘 외식했는데 무슨 소리야."

우리는 냉면집에 들어가기 전, 곽민학에게 별점 반 개를 주었다.

*

불고기가 비싸서 냉면만 두 개를 시켜 먹었다. 그저 그런 맛이었다. 다 먹고 나와서 g가 말했다.

"고양이 말야. 사실 유기했어."

g가 울었다.

4

그즈음 나는 이상한 현상을 목격했는데, 그것은 우리집에 있는 에어컨 배관 구멍과 연관되어 있다. 에어컨 없이 지낸 지 2년째였고 나는 전 세입자가 뚫어놓은 배관 구멍을 신문지를 붙여 대충 막아두었다. 괴현상을 목격한 것은 술에 취해 돌아오던 어느 날 밤이었다. 배관 구멍에 무언가 어른대고 있었다. 처음엔 벌레나 쥐인 줄 알았는데 자세히 보니 그것은 작은 사람의 형체를 하고 있었다.

크리스마스 시즌에 몇몇 집에서 산타 모양의 벌룬을 집 외벽에 설치한 적은 있었다. 나는 누군가 그런 것을 설치했나 하고 가만히 서서 그것을 바라보았다. 작은 사람 형체는 조금씩 꿈틀거리기 시작했다. 꿈틀거리며 우리 집안으로 들어오려 애쓰기 시작했다. 나도 모르게

"안 돼."

라고 말했고 작은 형체가 뜻밖에도 대답을 했다.

"……엔 날개가 없다. ……은 추락."

작은 형체에 걸맞은 작은 목소리였다. 그 탓에 온전한 문장을 인지할 수는 없었다. 하지만 그 형체는 매일 조금씩 우리 집안으로 들어오려고 시도했고 또 실패하는 것 같았다. 나는 신문지 대신 하드보드지를 사서 구멍 앞에 붙였다.

"……엔 날개가 없다. ……은 추락."

작은 형체는 계속해서 중얼거렸다.


## 5


그사이에 제이를 한번 더 만났다. 젊은 작가들이 자신이 기억하는 첫번째 꿈에 대한 그림을 그리고 그것을 해설하는 행사였는데, 역시나 나는 현장의 사진을 찍어달라는 부탁을 받아 가게 되었다. 젊은 작가들이 나라에서 지원받은 사업비를 어떻게든 써버리기 위해 기획한 것이 분명한 그 행사엔 곳곳에 맥주가 놓여 있었다. 맥주를 싫어하고 아티스트를 싫어한다던 제이. 그러나 왜인지 행사장 제일 앞줄에 제이가 앉아 있었다. 어떻게 반응해야 할지 몰라 뷰파인더로 시선을 숨겼고, 그런데도 제이는 나를 알아보았다. 다시 고개를 들어 제이에게 눈짓을 했다. 맥주와 아티스트를 싫어하는 것치고 제이는 이런저런 아티스트들의 행사에 너무 자주 다녔다. 제이의 인스타그램만 봐도 그랬다. 도대체 무얼 하고 사는지 모를 만큼 매일매일이 파티였다. 어쩌면 제이가 버선을 모은다는 말도 거짓인지 몰랐다. 제이는 그냥 아무 말이나 지껄이는 사람일지도, 내가 그녀의 말에 너무 많은 의미를 부여하는지도 몰랐다.

진행 시간은 짧고 뒤풀이는 긴, 그런 전형적인 행사였다. 제이는 맥주 한 병을 들고 내게 왔다.

"요즘은 안 슬퍼?"

도통 뜬금없는 질문이었다. 나는 슬프다고 한 적이 없었다. 하지만 슬프지 않다고 대답하기엔 뭔가 애매했다. 그래서 대답 대신 제이에게 되물었다.

"너는 첫번째 꿈이 기억나?"

"그런 게 기억이 나겠어. 쟤네들도 다 그럴듯한 이미지를 그린 걸 거야."

누군가가 색색의 램프가 천천히 돌아가는 조명을 켰다. 모인 사람들이 방청객들처럼 동시에 오, 했고 음악소리가 커졌다. 제이가 말했다.

"그런데 꿈은 계속 꿔. 계속 꾸니까 현실 같아."

"어떤 꿈?"

"그냥. 그런데 꿈 마지막엔 내가 출국 수속을 해. 결국 비행기는 타지도 못하고 끝나지만."

그 얘기를 들으며 우리집에서 일어나는 괴현상에 대

해 생각했다. 어쩌면 나도 반복적인 꿈을 꾸고 있는 걸
지도. 제이가 출국하지 못하는 것처럼 에어컨 외벽에
걸린 난쟁이가 우리집에 들어오기 직전에 깨어나는 걸
지도.

　제이는 이곳에 아는 사람이 많아 보였다. 좀체 어느
곳에도 섞이지 못했던 나는 제이가 다른 무리로 이동
하자 밖으로 나왔다. 철공소가 많은 동네라 전반적으
로 일찍 문을 닫은 가게들이 많았다. 하지만 골목골목
작은 술집들이 영업하고 있어선지 군데군데 사람들이
오갔다. 좁은 골목 사이를 이리저리 헤매는 탓에 그들
은 마치 나타났다 사라지는 것처럼 보였다. 그것을 한
참 구경하고 있자니 제이가 옆에 와 섰다. 땀에 젖어 있
어 머리숱은 더 없어 보였고, 입술은 테두리만 보랏빛
이고 전체적으론 하였다. 제이는 커피가 마시고 싶다
고 했고 우리는 말없이 전에 함께 갔던 커피숍을 향해
걸었다.

＊

　우리는 야외에 앉았다. 커피숍 야외 스피커에선 라

디오가 나오고 있었다. 라디오 디제이는 다정한 목소리로 사연을 읽었다.

어린 시절, 엄마가 술에 취해 감나무에게 편지를 써 달라고 한 적이 있어요. 그 나무는 **조용히 그러나 확실하게** 병들어가고 있었죠. 엄마는 그 나무가 자기 자신 같다고 했어요. 나는 술에 취해놓고 편지 한 장 쓰지 못하는 엄마가 싫었어요. 하지만 더 싫은 건 편지를 쓰지 않는 나를 엄마가 미워하는 거였어요. 그래서 밤마다 같은 이야기를 썼어요. 아침이면 엄마는 편지 같은 건 잊어버렸죠. 지금도 엄마는 기억하지 못할 거예요. 그런데 이런 작은 사건이 왜 이렇게 오래 남을까요.

디제이가 사연을 다 읽고 나서 뭐라고 대꾸했는지는 모르겠다.

6

작은 형체는 이제 외벽에 매달린 상태가 아니었다. 그것이 집안으로 들어오려 한다는 사실은 분명했다. 에어컨 배관 구멍에선 작은 목소리의 울림이 계속 일었다.

"……엔 날개가 없다. ……은 추락."

나는 누워서 그것을 따라 했다.

날개가 없으면 추락하겠지. 그러나 대지에 발을 디디고 사는 인간이라는 존재에겐 날개가 필요 없다. 그럼에도 인간에게 추락은 분명히 존재한다. 그런 것을 생각하는 날들이었다.


## 7


제이와 마지막으로 만난 건 어떤 전시기획자의 집에서였다. 전시기획자와는 전에 한 번 만난 적이 있었다. 우리가 공통으로 알고 있는 친구를 송별하는 자리에서였다. 우리의 친구는 원래 자신의 친구들을 모아서 서로 소개시켜주거나, 떼를 지어 와자지껄하게 노는 성정은 아니었으나, 멀리 떠나기로 결정한 뒤 시간이 촉박하여 자신의 지인들을 모두 모아 송별회를 열었던 것이다. 그 자리에서 그를 처음 만났다. 처음엔 단지 얼굴이 좀 긴, 체크무늬 남방을 입은 사람으로 인식했

으나, 그는 시간이 흐를수록 점점 더 얼굴이 길어지는 듯한 느낌을 조용히 그리고 강하게 주었다. 그날 술자리에선 한 명이 취해서 길바닥에서 앞구르기를 했고, 나는 오랜만에 웃으며 사진을 찍었다. 새벽까지 마셨고, 마시면서, 와, 또 모여서 놀자, 이야기하며 다음 약속을 잡아버렸다.

다음날 나는 달력에 적어둔 일정을 보며, 모두 필름이 끊겨 이 약속을 기억하지 못할 것이라고 확신했다. 하지만 일정을 삭제하지는 않았다. 그 일정을 들여다보는 동안 나는 은근히 그의 연락을 기다리게 되었고 마침내 그는 연락했다. 그날 그 자리에 있던 사람들이 모두 그의 집에 초대되었다.

그의 아파트는 17동이었는데, 왜인지 1동부터 16동까지는 홍제동에, 17동은 연희동에 있는 바람에, 택시를 타고 홍제동으로 가서 한참 헤맸다. 영 길을 잃은 것 같은 기분에 지도를 보고서야 잘못 온 것을 깨달았다. 어깨가 경직될 정도로 추운 날씨였다. 나는 다시 택시를 불렀고, 따뜻하지만 건조한 택시 안에서 집들이 선물을 아직 사지 못했다는 것을 상기했다. 약속 시간은 이미 훨씬 지나 있었다. 늦는다는 연락을 하며 혹시 필요한 것은 없는지 이미 모두 모였는지 조심스레 물었다. 그는 여러 사람의 이름을 댔고, 덧붙이듯 g가 와 있으며, 그녀의 아이도 함께 있다고 말했다. 수화기 너머로 g의 아이가 잔뜩 들떠 소리를 지르고 있는 것이 들렸다. 누군가가 마침 술이 떨어졌으므로 더 사러 나갈 것이라고 하는 말이 들렸다. 나는 나오지 말라고, 술과 안주는 내가 더 사가겠다고 말하고는 전화를 끊었다. 집들이 선물 대신 술과 안주를 살 요량이었다.

*

아파트 입구가 어두운 탓에 휴대폰 플래시를 켜고 걸었다. 플래시 불빛이 이리저리 흔들리며 산발적으로 주변을 보여주었고, 나무 밑에서 담배를 피우고 있는 g가 내게 손을 흔드는 것이 비쳤다. 나무는 검은 실루엣만 보였고, g 또한 검은 원피스를 입고 있어, 나는 흑백 사진을 보는 듯한 기분에 사로잡혔다. g의 옆에서 껌을 꺼내어 씹었다. g가 내가 가져온 것을 궁금해하는 것처럼 보여 들고 온 치킨과 술이 담긴 비닐봉지를 그녀에게 보여주었다.

집으로 들어갔을 때 제이의 뒤통수를 보고 혹시 그녀가 동시다발적으로 존재하는 것은 아닐까 생각했다. 먹색의 넉넉한 티셔츠와 짧은 반바지를 입고 양쪽 무릎을 접어 껴안은 자세로 그녀는 내게 인사했다. 그녀는 번역가의 친구로 소개되었다. 지방에서 열린 언니의 결혼식에 다녀오는 길이라고 했다. 그날따라 제이는 나를 꽤 챙겨주었다. 술을 마시는 내내 내 앞에 안주를 놓아주거나, 술을 따라주거나 하는 식으로. 또 내말이 끊기지 않게 도와주는 것은 물론이거니와 나의일상에 대해서도 이것저것 물어봐주었다.

술자리 도중 그 자리에 있는 모두가 소위 말하는 제1세계에서 유학을 한 적이 있다는 사실을 깨닫고, 나는 잠시 놀랐다. 한국어가 아닌 다른 언어로도 정보를 얻을 수 있는 사람들. 그 사람들에 비하면 나는 정말 하찮은 존재였다. 그래서 그것을 소재로 농담을 했더니 그들이 웃기 시작했다. 그들을 웃겼다는 사실에 나는 잠시 만족했지만, 그들은 그 웃음을 시작으로 제1세계에 대한 비판을 퍼붓기 시작했다. 제1세계라는 말을 할 때 검지와 중지, 두 손가락을 맞붙여 큰따옴표를 표시하는 것도 잊지 않았다. 그 비판에 도통 끼어들 수 없어, 자연스레 g의 아이와 놀아주게 되었다.

g의 아이는 어른들을 하나씩 데리고 침실로 들어가서 자신이 개발한 놀이를 하도록 명령했다. 방으로 끌려간 내게 그가 놀이의 규칙을 설명했다. 물방울로 만들어진 귀신이 파이프에 살고 있다. 그 귀신은 물이라서 (당연하게도) 앞이 보이지 않는다. 때문에 귀신 역을 맡은 사람은 (귀신과의 공평한 대결을 위해) 눈을 감아야 한다. 사람에겐 물을, 그러니까 귀신을 없앨 수 있는 총이 있는데(그 총은 베개로 대체되었다), 총알은 드라이아이스라고 했다. 이해할 수 없었지만 게임은 시작된 뒤였다.

나는 몇 번이고 드라이아이스 총알에 맞아 죽었다. g의 아이도 물론 여러 번 죽었다. 아이와 나는 전시기획자의 침대에 드러누워 깔깔 웃었다. 웃으면서 아이의 젖은 머리카락을 보았다. 아이의 모발은 이렇게 가늘구나, 땀을 많이 흘리는구나, 그런 것을 물끄러미 바라보다가 전시기획자의 침구가 더러워지는 것은 아닐까, 걱정했다.

아이는 끝끝내 놀이 대상으로 엄마를 택하지 않았다. 우리는 그걸 보며 역시 엄마랑은 매일 노니까 지겹

지, 라고 했고 g는 대답 대신 와인을 홀짝댔다. 제이는
옆 사람과 소설에 대해 이야기하고 있었다. 캐릭터를
따라가면 사건이라는 것이 있다. 그리고 책의 끝에는
이미 정해진 결말이 있다. 그런 게 편하기도 하지만,

"후행적인 기분이야."

라고 제이는 말했고 옆에 앉은 남자가 물었다.

"후행적인 게 뭐야?"

"뭐긴 뭐야. 선행적이지 아니라는 거지."

"선행적이고 싶어?"

"아니. 그냥 나는 시간이랑 동시에 흐르고 싶어."

"그건 과학적으로 불가능하다던데."

"비유가 그렇다는 거지."


8


제이가 다음날 출국한다는 사실을 전시기획자를 통
해 들었다. 제이는 전시기획자의 집에서 자고 일어나
바로 공항으로 갈 것이라고 했다. 언니의 결혼식도 보
았으니 **돌아간다**는 것이었다. 제이가 이곳에 소속되지

않은 사람이라는 것을 나는 그 표현을 통해 알았다. 그러나 이곳이란 불분명했고, 나 또한 어디에도 소속되지 못했다. 그렇지만 나에겐 **돌아갈 곳**이 없었다.

그사이 g가 엄청나게 취했다. 화장실에 다녀오더니 몸을 가누지 못하는 상태가 되어 있었다. 다들 당황하여 g를 일으키려 했다. g가 미친듯이 소리를 질렀다.

"무서워. 손 대지마. 무서워!"

g의 아이가 울기 시작했다. g는 바닥을 굴렀다. 구르면서 우리를 모두 밀쳐냈다. 계속해서 소리를 지르는 g가 혹시 실신하는 건 아닐까 싶을 정도였다. g는 갑자기 자신의 아이를 똑바로 쳐다보더니 말했다.

"당장 죽어."

우리는 g의 아이를 안아 올려서 방으로 데려갔다. g는 방을 향해 울부짖었다.

"당장 죽어. 지금 당장 뛰어내려서 죽어. 죽지 않으면 내가 죽어."

g의 아이도 거의 숨이 넘어갈 것처럼 울었다. 울면서 중얼댔다.

"엄마가 미쳤어요. 엄마가 아니에요."

결국 g의 집을 알고 있는 지인이 함께 차를 타고 그

들 모자를 데려다주기로 했다. 차에 타는 그 순간까지 g는 자신의 아이에게 죽음을 명령했고, 지인은 g의 아이를 꼭 안고 있었다. 그들을 태운 차가 어두운 아파트 단지를 빠져나갔다. 사람들은 남겨졌고, 후미등 때문에 온 골목이 시뻘겋다.

*

테이블은 엉망이었고 g가 질러댄 소리 때문에 귀에는 이명이 가시지 않았다. 지칠 대로 지쳐버린 우리는 앉아서 너나 할 것 없이 담배를 피우기 시작했다. 잠시 침묵이 있었고 전시기획자가 음악을 틀었다. 제목은 이랬다. 〈**내 이야기는 허공으로 날아가 구름에 묻혔다**〉. 가사가 많지 않은 노래였다. 그 노래가 끝나고 나서야 현실로 돌아온 기분이었다. 그때 제이가 입을 열었다.

"언니 결혼식에 부모님 지인들이 많이 왔어. 나도 모르는 지인들 말이야. 그 사람들이 다들 나를 빤히, 오래, 쳐다보고 가더라."

"왜?"

"내가 소아암 환자였거든. 부모님 지인들이 다 그 소

아암 환자들의 부모였던 거야. 그중에 살아 있는 애가
나밖에 없대."

"……"

"그러니까 그 사람들은 자기 자식이 살아 있어서 이
나이쯤이면 이렇게 살고 있겠구나, 한 거지.

나는 아무렇지 않아, 병원에서의 추억은 오히려 좋
은 게 더 많았어, 라고 제이는 덧붙였는데 그런 것치고
그녀는 울고 있었다.

"난 아무렇지도 않은데. 왜 이 얘기를 할 때면 눈물
이 날까?"

제이는 여전히 눈물을 흘린 채로 웃었다. 나는 분명
히 존재했었지만 이제는 말끔히 사라진 병을 앓았던
여자를 바라보았다.


## 9

나무들은 움켜쥐었던 것들을 풀어버린다.

말들을, 하나의 급류를, 녹색 구토를 쏟아낸다.

온전한 말을 틔우고자 한다. 어쩌겠는가!

가능한 방식으로 질서가 세워지리라!

아니, 실제로 질서가 세워진다!

퐁주의 시를 읽었다.


## 10


전시기획자의 집에서 까무룩 잠이 들었다가 깼다. 커튼이 없어 밝아오는 새벽이 다 느껴졌다. 제이는 내 옆에 누워서 여전히 자고 있었다. 출국 수속을 하는 꿈을 꾸고 있을까. 아티스트를 싫어하고 맥주를 싫어하는 제이는 어제도 아티스트들과 맥주를 마셨다. 나는 옷을 챙겨 입고 아파트 밖으로 나갔다. 자기 전까지 음악을 너무 크게 들었던 탓인지 귀가 멍멍했다. 공기는 찼지만 어제처럼 추운 느낌은 아니었다. 오히려 뭔가가 조금 덜어진 느낌이었다. 공기의 수분 같은 것이.

간밤에 제이는 음악을 듣다 몸을 일으키더니 어디선가 버선을 꺼내왔다. 분홍색 실크천에 흰색과 초록색 꽃이 자수 놓아져 있는 것이었다. 그리고 내 앞에 무릎을 꿇고 앉아 그것을 내게 신겨주었다.

"이제 미끄러져봐."

우리는 버선을 신고 맘껏 미끄러졌다. 낮은 조도의
조명 아래에서 어떤 음악이 나오든 계속해서 미끄러졌
다. 나는 미끄러지면서 문장을 만들었다. 슬픔엔 날개
가 없다. 인간은 추락. 아니 더 큰 단어로. 감정엔 날개
가 없다. 생명은 추락. 다시 작은 단어로. 가위엔 날개
가 없다. 가윗날은 추락.

작은 슬픔들이 모여서 나를 만들고 있다.

작은 슬픔이 모인 것이 나다.

나는 작은 슬픔이다.


\*


가라앉은 공기를 뚫고 바퀴 소리가 들려 바라보았더
니 제이가 캐리어를 들고 내려오고 있었다. 나는 몇 계
단을 뛰어올라가 그녀의 작은 가방 하나를 들어주었
다. 그녀의 짐은 오래 나가게 될 사람치고 단출했다.

"사실 그곳에 짐이 다 있거든."

"그곳."

"돌아갈 곳."

제이가 떠난다는, 아니 돌아간다는 사실이 이상했다. 어느 파티에서든지 맥주를 마시고 앉아 있을 것 같은 그녀였다. 새벽빛을 받은 그녀의 얼굴은 더욱 창백해 보였다. 나는 그녀를 바라보다 문득,

나를 사로잡고 있던 문장을 떠올렸다. 그리고 이내 그 반대의 것, 아주 작은 기쁨들의 결정체라든가, 하는 말이 여태까지 한 번도 떠오르지 않았다는 사실을 깨닫고 얼굴을 조금 찡그렸다. 그것이 제이의 웃는 얼굴과 조금 닮지 않았을까 싶어 나는 그녀를 바라보았다. 제이는 내게 비닐봉지에 쌓인 무언가를 건넸다. 열어보니 버선이었다.

"미끄러져봐."

나는 올여름엔 꼭 에어컨을 설치하리라 마음먹었다. 작은 것들에 잠식되지 않도록.

## '불과한 것들' 쪽으로

노지영(문학평론가)

### 1. 두 개의 계절

두 편의 소설을 읽었다. 겨울에서 시작하여 여름으로 끝난다. 한해살이의 일부인 두 계절의 이야기가 제시되어 있다. 두 계절이란 시간은 독자들을 상이한 공간 경험으로 초대하며 우리 삶에서 익숙하게 여겨지는 네 계절이란 전체의 시간을 상기시킨다. 건조해지는 겨울과 시끌벅적한 여름으로 묘사된 두 편의 소설에는 무르익는 가을의 충만함이나 생성하는 봄의 기운이 결핍되어 있다. 그 냉열의 낙차로 흘러가는 시절들 속에서 비-존재하는 시간을 환기하는 것은 한 작가가 구성해온 서사적 주체들의 내면을 예감하는 시간으로 이어진다.

언젠가는 계절의 주기를 순차적으로 경험하면서 유년에서 청춘으로 넘어가는 성장 서사를 자연스러워하던 시절도 있었다 한다. 그러나 순환의 반복적 질서가 고장 나버릴 때 성인으로 길드는 일은 서걱거리게 마련이다. 성인을 만들어왔다는 통과의례라는 절차도 감당할 수 없는 재난이 되기 쉽다. 이상적 자아모델로서의 성숙한 '대인'의 정체성을 수용하며 성장해나간다면 지배 질서 속의 타자로서 사는 삶은 반복될 것이고, 그러한 '대인'으로서의 정체성을 거부한다면 사회 속에서 소외되는 청춘의 삶이 지속될 것이다. 그러나 이러한 이율배반적 조건이라면, 성숙한 '대인'을 자처하며 세계를 기망하는 행렬에 합류하기보다는 성숙이라는 조건 자체를 의심하며 '대인 되기'를 보류하는 것이 더욱 윤리적인 태도가 아닐까. 송지현의 소설은 유년으로의 퇴행을 경계하면서, 함부로 '대인'이 되는 것을 거부해온 청춘들이 어떠한 '소인'으로서의 실재감을 견디며 동시대를 살아가고 있는지에 주목한다. '유년' 시절 미스터리로 남은 세계와 '성년' 시절 이질적으로

다가오는 세계 사이를 떠돌며, 기억 속 '이미지' 뒤에 가려진 진짜 '이야기'들을 추적해나가는 방식이다.

소설의 주인공들은 청춘의 시절을 오래도록 감내하고 있다. 언젠가 겨울에서 여름방학으로 이어지는 체험을 통해 깊게 각인되었던 유년 시절의 풍경들이 청년 시절을 그린 소설 속에서도 겨울과 여름의 계절감을 통해 재생되고 있는 것이다. 그 청년기가 재생시키는 계절감은 한결 진하고 섬세하다. 진작에 성년을 맞았으나 성년의 세속적 질서를 일상으로 받아들이기 어려워하는 등장인물들은 자신의 청년기를 연장하는 방식으로 고장난 질서의 흐름들과 대치중이다. 동일한 삶의 스탠스를 보여주고 있는 두 편의 청춘소설은 그리하여 한 편의 소설을 보는 듯 자연스러운 흐름으로 가독된다. 마치 두 계절을 통과하는 한 청년의 생애가 꼼꼼히 기록되어 있는 비망록을 읽는 느낌이다.


## 2. 긴 겨울밤의 불면들

기성의 풍경을 기이하게 바라보는 청년들의 모습은 송지현의 다른 소설에서도 어렵지 않게 발견된다. 이는 작가의 에세이(『동해 생활』, 2020)에 등장하는 인물들이 보여주는 삶의 태도와도 무관하지 않다. 청년 시절의 자기 경험을 글쓰기의 재료로 삼는 일이 '지금 여기'의 현실을 가장 진정성 있게 사는 방식이라는 듯이, 송지현은 자기 고백적 에세이 장르와 소설 장르를 착종시키며 1인칭 청년 화자의 목소리에 자전적 숨결이란 리얼리티까지 불어넣는다. 두 편의 소설에 등장하는 '나'라는 화자는 여성이고, 비혼이고, 자기 소유의 집에서 살지 않으며, 종종 불면증에 시달리거나 불안한 꿈을 꾼다. 가부장제가 무력해진 모계사회 중심의 생활세계 속에 머문다. 예술가이거나 예술과 근거리에 있는 인물로서, 기성의 노동시장이 강요해온 사고방식에서도 비교적 자유로운 편이다. 취향을 중시하는 고학력 프레카리아트(precariat)들이 주변에 즐비하며, P로 표기되는 대문자 인물이나 g로 표기되는 소문자 인물들 사이에서 다종의 우애를 형성해나가기도 한다. 이성애보다는 주로 자매애 부류로 네트워킹된 세계를 추구한다.

송지현은 그간 고정관념을 구성해온 사회적 관계를 폭로하고, 그 구조상에 온전히 예속될 수 없는 낯선 관계들을 청년기의 미세한 감정을 통해 묘사한다. 그러한 방식으로 오늘날의 일상을 지배해온 성년기의 상징질서에 이의를 제기한다. 그것은 불안의 열도(熱度) 속에서 엿가락처럼 늘어져버린 기나긴 청년기의 삶을 변론하는 방식으로 나타나기도 한다. '대인'스러운 관계 맺기를 유보하며 무한청년기를 이어가는 '소인'들에게 아직 겨울과 여름의 방학이 남아 있다는 듯이, 화자는 시골집과 도시 사이를 어슬렁거려본다. 허위적 이미지로 메워지지 않는 '공동(空洞)'의 구역들을 돌아보면서, 그 공동에서 세상의 '불과한 것들'이 내는 작은 소리에 귀기울인다. 어느 날 불면이 시작되면서, 그 작은 소리들은 더욱 크게 들리기 시작한 것 같다.

밤이 길어지는 겨울의 초입에, 불면의 소리들은 더 괴롭게 들려온다. 겨울을 배경으로 한 「김장」이라는 소설은 그러한 외면할 수 없는 소리들을 길게 듣고 있는 '나'의 이야기를 담고 있다. 도시에 살던 나는 김장철을 맞아 동생과 함께 시골집을 찾는다. 병후의 할머니 혼자 감당하기 어려운 겨울맞이 연례행사를 돕기 위해서다. 물론 "외가를 통틀어 회사고 가게고 아무데도 안 가는" 잉여인력이기에 김장이라는 이벤트에 차출된 셈이지만, 그로 인해 유년 시절의 기억들을 '음식'이라는 매개를 통해 돌아볼 수 있게 되었다.

송지현의 다른 소설들에서도 흔히 발견되듯이 음식이라는 매개는 관계성의 본질을 드러내는 핵심적 코드로 활용된다. 손으로 만들고, 입에 넣으며 몸으로 체험해온 음식의 기억들은 가족 공동체의 연결감을 확인하는 근거가 된다. 김치를 새로 담그고, 작년 겨울에 만든 김치를 만둣국으로 해치우는 가족 의례를 한 해 단위로 학습하면서, "할머니"와 "엄마", '나'와 자매인 '동생'까지 연결된 모계 공동체의 존재가 환기되기도 한다. 이러한 음식이라는 것은 생활권 내의 존재들을 확인하는 강력한 도구이다. 일상을 함께하는 P와 그의 친지인 "목포에 사는 고모"와도 음식의 나눔을 통해 하나의 조직망으로 얽히니 말이다. '엄마'와 옆 가게 주인과의 갈등은 음식의 교환 유무로 표상되며, 상호 간 화해의 과정도 이와 다르지 않다. 심지어 음식은 시골의 경로당 할머니들과 흐릿한 기억 속에 존재하는 '진수네 아줌마'까지 연결하면서 타자로 향하는 사소한 방문들을 관계 맺음의 사건으로 전환하기도 한다.

음식이란 것이 관계의 질감과 만남의 빈도를 가늠하는 척도가 되는 것이다. 무려 식어가는 음식조차도 건조하고 추운 겨울의 집안을 "습하고 따뜻"하게 만드는 역할을 한다.

그러나 자신의 입으로 들어가는 음식이란 것에는 양면성이 존재한다. 음식으로 채워진 습기는 때로 삶의 실상을 흐릿하게 가리는 막의 역할을 한다. 창마다 뿌연 결로가 맺혀 있는 집안을 벗어나면, 외부의 세계는 여전히 건조하다. 시골집 옆에서 오랫동안 흐르던 시내도 이제는 점점 물이 말라가서 강이라고 부를 수도 없는 지경이 되었다. 수위가 높던 시절에는 다리에서 용감하게 다이빙하며 뛰놀 수 있는 강이었다지만 이제는 뛰어들어 자살도 할 수 없을 정도로 얄아진 내천이 된 것이다.

겨울이 깊어가고 수위가 더욱 낮아지면 물 아래 숨겨졌던 골짜기의 지질이 노골적으로 드러나며, 냇가의 물 흐르는 소리도 더욱 요란해지게 들리게 된다. 깊이를 잃은 물들이 아우성치며 흐름에 방해되는 바위와 돌들을 모조리 건드리고 있기 때문일 것이다. 언젠가 함께 놀던 성철이도 그렇게 건드려졌다. 냇가의 다리 아래에서 목을 매고 죽었다.

음식으로 기억되어온 생생한 삶은 죽음이라는 것의 그림자를 더욱 주시하게 만든다. 송지현의 소설에서 죽음이란 것은 늘 일상적으로 발견된다. 가령 화자의 할머니가 이야기해준 캔 뚜껑의 비유는 이 시대의 죽음의 편재성을 잘 보여주는 사례가 될 것이다. 전쟁이 한창이던 시절, 버려진 캔 뚜껑에 달린 손잡이 고리가 반지처럼 예뻐 보여서 그것들을 모으러 다녔던 할머니는 운좋게도 캔이 산더미처럼 쌓여 있는 곳을 발견한다. 캔 뚜껑이 가득한, 캔의 더미는 누군가의 무덤이었고, 캔더미 아래에는 사람이 죽어 있었다.

죽은 존재들은 지상 어딘가에 남아서 산책자의 발견을 호소한다. 이미 벌어진 죽음의 사건은 누군가가 발견해주기를 기다리며 반짝이는 것들 뒤에서 묵묵히 도사리고 있는 것이다. 매혹적인 캔 뚜껑의 고리는 그리하여 이쁘장하게 손가락에 끼울 수 있는 반지로 기억되지 못한다. 버려진 채로 반짝이던 고리들은 '나'라는 생명이 타자의 죽음과 연결되어 있다는 것을 말해주는 빈 구멍이자, 타자에게 다가서게 하는 통로로 기능한다. 그 구멍은 타자에 의해 타율적으로 생기는 주체의 결핍이므로 자신의 의지 속에서 채워질 수 없는 구멍이다. 손가락으로 메울 수 있는 반지의 대체물이 아니라 예기치 못한 시간에 적나라한 죽음의 현실을 호소하며 다가오는 결핍의 입에 가깝다.

을씨년한 죽음의 풍경은 '내'가 도저히 외면할 수 없는 세계들을 보여준다. 반짝이는 세계에 대한 환상을 내려놓고 처음으로 죽음의 공포를 발견한 '나'는 일상의 삶 속에서 반복적으로 재출현하는 유령 같은 죽음들을 마주해야 한다. 그것들은 마치 어떤 공포물 콘텐츠에 나오는 존재들처럼 '죽지 않은(undead)' 채로 일상 속에 귀환한다. "눈 덮인 곳에서 산딸기"를 따는 것같이 환상적 이미지를 찾아 헤맬수록 '뱀'처럼 급시에 튀어나와 '나'라는 주체를 괴롭히는 것이다. 그 뱀의 이빨과 뒤틀리는 몸뚱이의 선명한 이미지는 매번 쫓아내어도 세계 내에 고집스럽게 존속하며, '나'의 긴 겨울밤을 불면의 이야기로 이어가게 만든다.

'유령처럼 배회하며 반복적으로 나의 삶에 침입해 들어오는 이러한 '산 죽음(living dead)'들은 유년기의 추억으로 포장되어 있었던 시골집마저 기괴한 골짜기를 품은 산장처럼 느껴지게 만든다. 시골집에서 음식이라는 것을 기억하며 자기 생을 추억할수록 죽음의 흔적들이 그에 뒤질세라 '내' 기억에 반복적으로 침입해온다.

기억의 타자들은 시골집 곳곳에 숨어 있다. 그것들은 대개 죽음과 연루되어 있다. '나'는 외삼촌의 장롱에서 김전일 만화책 시리즈를 들춰보며, 토막 살인의 범인에 대해 떠올려보지만 결말은 끝까지 생각나지 않는다. 삼촌의 앨범을 꺼내 봐도 거기에는 하루 동안 "자살하려는 사람을 세 명이나 쳐버"린 채 말을 잃어버린, 그리하여 친인척의 관계 속에서도 소멸하여버린 흐릿한 얼굴이 등장할 뿐이다. 옆집 진수네 소는 진작에 사라졌고, 소를 돌보던 진수의 아빠도 오래전에 죽었다. 어릴 때 함께 놀았다는 옆옆집 손자 '성철'도 말라가는 냇가에서 목을 매고 죽어버렸다. 도무지 기억이 나지 않는 옛친구의 부고를 겨우내 생존을 위한 음식들을 만들면서 전해듣는다. 상중(喪中)이라 붙어 있는 대문을 지날 때면 동네 언니 오빠 들과 놀던 폐가가 말을 걸어온다. 그곳은 "아이 엠 그라운드"란 놀이를 하던 장소, 바로 어릴 때부터 벌칙받는 법을 연습하던 장소다.

'I am Ground', 'I Am Grounded', 화자인 '나'는 이 시골집의 그라운드를 통해 자신이 받아온 삶의 벌칙을 발견하게 되었다. 기억의 타자들이 말을 걸어오는 세계에서 불멸의 죽음들을 발견해나가는 생, 그것이야말로 지상의 인간으로서 피할 수 없는 벌칙이었다. 필사적으로 견뎌내야 하는 천형이다.

## 3. 짧은 여름밤의 놀이들

유년 시절 반복적인 리듬으로 외쳐왔던 "아이 엠 그라운드"라는 정체불명의 구호는 프로이트 손자가 어머니의 부재를 견디며 반복했었다는 '포르트-다(fort-da)' 구호와도 그 유래가 같을 것이다. 지상에서 버텨야 하는 슬픔들이 놀이의 형태로 승화되었으리라. 그러한 놀이들이야말로 화자의 할머니가 '상중'의 세계를 태연한 표정으로 버텨나갈 수 있었던 비결이 되었을지 모른다.

어릴 적 '캔 무덤' 따위의 이야기로 '나'의 겨울밤을 지새우게 했던 할머니는 텔레비전을 벗으로 삼으며, 시골집에서 '점십짜리'의 화투놀이와 함께 살아가고 있다. 판돈 없이, 별다르게 따는 돈 없이도 '고-스톱'의 구호를 외치며 화투놀이를 반복해나간다. 이제는 화폐로서의 실물조차 보기 어려워진 십 원짜리를 무한 순환시키는 이 놀이는 우리 삶에 반복적으로 출현해온 '산 죽음'들을 견뎌나가게 해준다. 반복적인 죽음을 반복적인 놀이의 형태로 예행 연습하면서 역설적으로 인간은 죽음을 유예시키는 힘을 마련하게 되는 것이다. 항암치료를 버틴 주인공의 할머니도 이 화투놀이를 통해 으스스한 시골집에 정주할 만한 힘을 비축하게 되었다.

송지현의 또다른 소설 「난쟁이 그리고 에어컨 없는 여름에 관하여」라는 작품에는 그러한 반복의 놀이들이 더욱 무성하다. '아티스트 네트워킹이라는 그럴듯한 이름의 파티'부터가 그렇다. 슬퍼하는 이들의 소리가 들리지 않을 정도로 "그냥 음악을 꽝꽝 틀어놓고 술을 마시며 벽에 래커를 쏘아"대면서, 파티놀이는 지속되고 있다. 파티의 주최자들은 주로 하나의 '그라운드'에 정주하지 못하고 떠도는 유학생 계열이다. 가령 이들은 "파리에서 학사를, 교토에서 석사를 받은 뒤 이유도 없이 마드리드에 1년간 눌러살다가 최근에야 귀국한 캐나다 교포 2세"의 형태로 묘사되는데, 이러한 혼

종적 정체성은 이 시대가 만들어낸 새로운 유민족(流民族)의 종류가 될 것이다. 이들은 제1세계를 비판하고, 다른 언어로 정보를 교유하면서, 수많은 동족들과 술 파티에 열중한다. "새벽까지 마셨고, 마시면서"도 "와, 또 모여서 놀자, 이야기하며" 다시 "다음 약속을 잡"는다. 자유롭게 상대를 초대하고, SNS를 통해 그 파티를 전시하며, 자신의 정체성을 호모루덴스로 이해하는 무리다.

그 시끄러운 파티들 속에서 '내' 시선을 끌었던 인물은 바로 '제이'라는 동갑 친구다. 파티의 풍경을 사진으로 기록해달라는 요청을 받은 '나'는 제이의 외모적 특징을 유심히 머릿속에 기록해두며 제이라는 친구에 대해 호기심을 갖는다. 친구의 친구의 친구로 만난 제이라는 친구는 맥주도, 아티스트도 싫어하는 인물로 소개되지만, 아티스트 무리들이 모이는 각종 술 파티마다 빠짐없이 발견되는 인물이다. '유학생'이면서도 타국의 언어와 자국의 언어 모두 미숙하다. 아버지가 옥편 속의 한자로 이름을 조합하는 것에 실패하면서, '재희'라는 이름에서 '제희'로, 다시 편의상 '제이'라는 이름으로 불리게 되었고, 그 덕분에 이제는 유학

생 출신이라는 정체성과 적절히 어울리는 이름으로 자기를 소개할 수 있게 되었다. 또한 제이라는 친구는 소아암 완치의 이력을 가지고 있다. 생존해 있다는 것만으로도 소아암 환자 부모들의 시선을 사로잡았던 제이는, 소아암을 앓은 흔적을 고스란히 외모로 간직하고 있다. 콤플렉스로 남을 법한 탈모로 인해 땀 흘리는 여름날의 파티 속에서 유독 눈이 가는 인물이다.

제이와 g라는 친구와 파티에서 종종 어울리게 되었을 무렵, 화자인 '나'는 꿈인지 환각인지 모를 장면들을 마주하는 경험을 반복하게 된다. 작은 사람의 형체로 보이는데, 벌레나 쥐로 오인될 정도로 사이즈가 작은 어떤 형체가 집안에 침입해 들어오는 것으로 보이는 괴현상이었다. '작은 형체'는 전 세입자가 뚫어놓은 에어컨의 배관 '구멍'을 통해 나의 영역에 진입하려 하면서, 자신의 크기에 "걸맞은 작은 목소리"를 전한다. 인간의 언어를 공통으로 사용하는 유사 존재의 인간이지만, 인간의 언어로는 일관되게 설명하기 어려운 그 대상을 화자는 어찌 부를지 난감해한다.

그 '작은 형체'는 "……엔 날개가 없다. ……은 추락"이라는 알 수 없는 말을 반복적으로 송신하고 있다.

애써 귀기울여봐도 그 작은 소리는 "……엔 날개가 없다. ……은 추락" 정도의 중얼거림으로 들릴 뿐이다. 식별되는 말과 식별되지 않는 언어의 공백을 동시에 제공하는 '작은 형체'를 '나'는 우선 사람의 부류로서 호명해본다. 그리하여 이 작은 형체의 이름은 편의상 '난쟁이'가 되었다. '추락'이라는 언어 때문에 공을 쏘아올리려다 굴뚝에서 추락한 난쟁이가 연상되었을 수도 있고, 신장이 더 자라지 못한 채 '대인'의 삶을 맞이해야 하는 '소인'으로서의 존재가 연상되어 그런 이름이 붙었을 수도 있겠다.

'난쟁이'는 저신장장애를 가진 이를 멸칭하는 단어이면서, 작고 미숙한 것들을 상징하는 표현으로 굳어진 단어다. 그러한 난쟁이란 상징 속에는 '정상적인 성장'이라는 기성 질서의 환상이 결합되어 있다. 불편한 상징과 기만적 환상이 복합환영물의 형태로 결합되어 있는 그 '작은 형체'는 대상에 대한 일관적인 용어 정의에 실패하는 인간의 자리에 침입하면서 '나'라는 주체가 구축하고 싶어했던 질서들 앞에 근본적인 질문을 던진다. 인간 존재의 정상성에서 벗어난 이러한 비-존재는 진입을 금지함에도 '날개'와 '추락'이란 말이

들어간 미완성 문장을 중얼거리며 '나'에게 다가온다. '집'의 내부와 외부를 연결하는 에어컨 배관의 구멍을 통해서 말이다. 주체가 가진 그 결핍의 '구멍'을 통해 '나'는 그동안 자신을 억압해온 언어의 질서를 발견한다. '성장'과 '성숙', '상승'과 '순리' 같은 강박의 언어들 사이로 저 작은 형체의 불완전한 문장들이 출현했을 것이다. '나'는 그 '작은 형체'가 공백으로 비워둔 언어의 자리를 숙고하며, 그 위치에 어떤 언어가 들어갈 수 있을지 곰곰이 떠올려보게 된다.

해답은 g라는 친구의 아이가 개발한 놀이로부터 연상되었다. 이 소설의 또다른 등장인물인 g라는 친구는 반려동물을 돌보지 못한 배우자에게 이혼을 선언하고, 이혼의 과실이 되었던 그 반려동물을 스스로 유기하는 인물이다. 반려동물에 대한 죄책감을 투사하면서 아이에게도 폭력적인 언행을 일삼는다. 심리적으로 취약해진 그러한 g를 견디며, g의 아이는 파이프 귀신 놀이를 개발한다. 그러한 놀이 속에서 시간을 보내는 g의 아이와 놀아주면서 '나'도 제이가 건넨 버선을 도구 삼아 스스로 미끄러지는 놀이를 이어나간다. '날개'와 '추락'이라는 언어를 자유롭게 조합하면서, 기성 질서가 부여하는 강박들을 기성 언어에서 <u>스스로 미끄러지는</u> 놀이로 전환해낸 것이다. '나'는 "슬픔엔 날개가 없다. 인간은 추락. 아니 더 큰 단어로. 감정엔 날개가 없다. 생명은 추락. 다시 작은 단어로. 가위엔 날개가 없다. 가윗날은 추락"과 같이 무한 조합되는 문장들을 박자 삼으며, 음악에 맞춰 미끄러지는 놀이에 몸을 맡긴다. 그렇게 놀이의 문장들로 새로운 질서를 만들어나간다.

## 4. 계절의 순환

나무들은 움켜쥐었던 것들을 풀어버린다.
말들을, 하나의 급류를, 녹색 구토를 쏟아낸다.
온전한 말을 틔우고자 한다. 어쩌겠는가!
가능한 방식으로 질서가 세워지리라!
아니, 실제로 질서가 세워진다!

_프랑시스 퐁주, 「계절의 순환」에서

청년기를 연장하여 살아가는 이 시대의 청년들은 제이라는 인물의 동선처럼, 떠나고, 만나고, 아프고, 돌아오고, 다시 그렇게 떠돌며 살아가고 있다. 집과 밖, 도시와 시골, 국내와 국외를 떠돌고 있지만, 그러나 그렇게 유동하는 '소인'으로의 삶을 선택한 것은 어쩌면 송지현이 소설 속에서 들려준 시에서처럼 부동하는 나무의 삶을 바라보는 일일지도 모른다. 스스로가 뿌리 뻗고 있는 인간의 '그라운드'에서 '피우고', '성장하고', '지고', '다시 웅크린 채 기다리는' 주기를 거듭하며, 그 반복의 훈련 속에서 새로워지는 작은 것들을 바라보려는 것이다. 제대로 순환되지 않는 계절 속에서 새로운 질서가 흐르기를 기도하며, 작가는 무작정 흘러가는 것들 속에서 미처 발견하지 못했던 작은 것들을 끝없이 발견하고자 한다. 반복적 세계가 쏟아내는 미세한 차이의 슬픔들을 관찰하며 이를 통해 새로운 질서의 문장을 구토해내려 한다. 그것이야말로 초과한 것들에서 미끄러지며 '불과한 것들 쪽으로' 다가가는 과정이라는 듯이 말이다.

송지현의 소설은 '아주 작은 슬픔들의 결정체'로 이루어져 있다. 반복적으로 자기 자리에서 미끄러지는 하엽을 보면서 슬픔의 잔뿌리들을 모아나가는 나무, 유동하면서 지상에 부동하는 나무들처럼, 작은 변화들을 만나는 일상의 사건이 두 편의 소설을 통해 펼쳐지고 있다. 기존의 언어에서 미끄러지는 슬픔의 신호들을 조합하며, '소인'들만의 '가능한 질서'들을 세워나가는 이야기들이다.

어쩌면 '불과한 것들 쪽으로' 향하는 '온전한 말'이란 것은 오늘의 계절엔 이런 질서로 가능한 것이 아닐까. 보다 미세한 슬픔들을 발견하고, 오랜 불면의 계절을 견디게 할 새로운 놀이를 상상하고, 그 놀이를 나눌 '소인'들의 관계를 다채롭게 탄생시켜나가는 방식으로 말이다. '아주 작은 슬픔들의 결정체'가 '불과한 것들'의 질서를 끊임없이 탄생시킬 것이므로, 분명 송지현의 방향이 맞다. 맞을 것이다.

제가 만든 도자기를 다 내던지는 꿈을 꾸고 좋은 일
이 생겼습니다. 꿈속에서 이제는 얼마든지 다시 시작
할 수 있겠어, 생각했습니다. 꿈까지 꾼 걸 보니 저는
무언가를 새로 시작하고 싶었나봅니다. 그러나 어디
서부터, 무엇을, 어떻게, 새로 시작하고 싶은지 몰라서
그냥 소설을 써보았습니다. 써보니 생각보다 아무 느
낌이 없었습니다. 그동안 소설쓰기에 시작과 끝이 있
다고 생각했는지도 모르겠습니다. 어차피 시간은 무정
형하게 흐르고 있고 시작과 끝은 불완전한 언어에 불
과하겠지요. 그렇지만 이제 알 수 있는 것은 저는 불

과한 것들 쪽으로 기울어져 있는 사람이라는 것입니다. 앞으로도 이런 것들을 알아가며 그냥 또 대충 살아가겠지요. 어쩌면 그것이 새로 시작하는 방법일지도 모르겠습니다.

2022년 11월
송지현

**송지현**

2013년 〈동아일보〉 신춘문예에 「펑크록 스타일 빨대 디자인에 관한 연구」가 당선되어 등단. 소설집 『이를테면 에필로그의 방식으로』 『여름에 우리가 먹는 것』, 에세이 『동해 생활』이 있다. 2021년 제6회 내일의 한국작가상, 2022년 제55회 한국일보문학상을 수상했다.

# 김장

초판 1쇄 인쇄 2022년 12월 13일
초판 1쇄 발행 2022년 12월 23일

지은이 송지현

편집 강건모 이희연 김윤하 | 디자인 윤종윤 이주영
마케팅 배희주 김선진 | 저작권 박지영 형소진 이영은 김하림
브랜딩 함유지 함근아 김희숙 고보미 박민재 박진희 정승민
제작 강신은 김동욱 임현식 | 제작처 영신사

펴낸곳 (주)교유당 | 펴낸이 신정민
출판등록 2019년 5월 24일 제406-2019-000052호

주소 10881 경기도 파주시 회동길 210
문의전화 031-955-8891(마케팅) 031-955-2692(편집) 031-955-8855(팩스)
전자우편 gyoyudang@munhak.com

인스타그램 @gyoyu_books 트위터 @gyoyu_books 페이스북 @gyoyubooks

ISBN 979-11-92247-73-1  03810

이 책은 경기도, 경기문화재단의 지원을 받아 발간되었습니다.